AF316545

TOUT
POUR LE PEUPLE,

PAR UN HOMME DU PEUPLE.

PARIS.

CHEZ LES MARCHANDS DE NOUVEAUTÉS.

1833

TOUT POUR LE PEUPLE.

Telle a toujours été la devise des intrigans qui ont voulu s'emparer du pouvoir ! *Tout pour le peuple* est celle que prennent aujourd'hui ceux qui ont échoué dans cette périlleuse entreprise.

Pour leur répondre, je ne parlerai point de la révolution de 93 ; elle a été faite aussi *pour le peuple ;* lui seul sait au juste ce qui lui en a coûté ; j'y reviendrai plus tard ainsi que sur celle de Juillet ; je ne veux parler aujourd'hui que de celle que rêvent les républicains et qu'ils cherchent à réaliser *par le peuple* et *pour le peuple.*

Pour opérer une révolution, il faut du sang, et le premier qu'on répand à grands flots est celui du *peuple.* Chaque parti frappe au cœur pour immoler son adversaire ; la chance du combat fait la raison de celui qui triomphe.

Des hommes qui se disent républicains corrompent la jeunesse par de faux principes. Nos discordes civiles ne peuvent rien contre leur ambition ; ils ont besoin de places et d'argent, et c'est à l'argent et aux places qu'ils sacrifient l'espoir et l'avenir de leur patrie ! Ils se disent *amis du peuple* et ne vivent que d'intrigues ; ils ne voyent pas que le peuple est laborieux et n'aime point les parasites qui ne cherchent qu'à s'alimenter du peu qu'il ménage. Ils veulent une révolution, et trouvent des gens assez simples à qui ils font croire qu'elle peut s'opérer sans effusion de sang? quels sont ceux qu'ils persuadent? Des jeunes gens sans expérience dont l'âme est pure et neuve encore pour le monde. Ceux-ci nous disent aussi franchement qu'ils le pensent : *Nous ne voulons point de sang parce que nous ne sommes pas des cannibales, nous en avons horreur, nous voulons le bien pour l'amour du bien*. Je crois sincèrement qu'ils pensent ainsi parce que leurs cœurs sont purs d'ambition. Mais leurs chefs pensent-ils de même? Malheureusement, *non*. La preuve, c'est que la part du pouvoir qu'ils ont espérée ou qu'ils espèrent, ne leur étant point encore échue en partage, ils ont conspiré et qu'ils conspireront tant qu'ils ne l'auront point obtenue.

Mais ils ne peuvent point conspirer seuls ; ils ont besoin de conjurés ; c'est dans la classe du *peuple* qu'ils les cherchent, parce qu'ils ne lui supposent pas assez d'intelligence pour pénétrer leurs odieux desseins. N'ayant rien à offrir à ceux qu'ils corrompent, ils éveillent leur ambition ; ils les bercent d'un espoir mensonger en leur disant qu'ils seront plus qu'ils ne sont aujourd'hui dans l'État ; qu'il y aura unanimité d'opinions par la sagesse des lois qu'ils feront. Ces appâts séducteurs trompent les plus crédules ; d'autres ne s'y laissent pas prendre , mais ils disent : « *Ils veulent être tout, et nous rien ; nous verrons après la victoire.* » Eh bien ! vienne la victoire, et c'est encore toi, peuple, qui seras la faction agissante de ceux qui se croiront lésés.

C'est à toi qu'ils se sont adressés ; c'est à toi qu'ils s'adressent encore aujourd'hui pour les seconder. Aujourd'hui ils disent : *Tout par le peuple ;* le lendemain du triomphe ils te diront : *Tout pour le peuple ;* un peu plus tard, *rien pour le peuple,* parce qu'ayant tout fait par toi, ils seront forcés de se séparer de toi pour te contenir et te gouverner. Telle a été, telle est, et telle sera toujours la marche des choses. Ils le savent, te le cachent, et cependant c'est ce qui arriverait, si jamais ils étaient les plus forts !....

Pour voir ce que le peuple pourrait gagner s'il avait la république, prenons les choses telles qu'elles sont aujourd'hui, et voyons ce que font les républicains pour y parvenir.

Trois partis se disputent la France, les carlistes, les napoléonistes et les républicains. Les premiers ne peuvent plus compter sur un roi qui a reçu le signe de la réprobation générale dans les immortelles journées de Juillet. Le duc d'Angoulême est d'une complette nullité ; la duchesse de Berri a tué le parti de son fils en mettant un nouvel enfant au monde. Le peu d'hommes qui s'agitent encore dans ce parti sont ceux qui regrettent les titres ou les places qu'ils ont perdues. C'est encore au peuple qu'ils en appellent pour les réintégrer dans ce qu'ils osent nommer leurs droits. Cependant ils ont fait et font encore bien du mal à ce même *peuple* qu'ils invoquent chaque jour.

Avec les carlistes, le pouvoir absolu s'assied sur le trône et le clergé tient le timon de l'État. Ces deux résultats leur ôtent à jamais la chance de gouverner notre pays.

Je parle peu des napoléonistes. Napoléon n'est plus! son fils est mort. Ils ont obéi à un trop grand homme pour se faire jamais les serviteurs d'un de ses frères, quoique cependant l'un d'eux promette aussi de faire *tout pour le peuple.*

Restent les républicains dont le parti est très-minime. Plus audacieux que rusés, plus téméraires que prudens, ils ont porté l'effroi en 93, époque connue sous le nom de *terreur.* Aujourd'hui on a peur, non pas d'eux, mais de leurs principes, et de l'anarchie continuelle qui régnerait si jamais ils gouvernaient.

Examinons si cette terreur est panique ou fondée, et, pour bien nous en assurer, voyons comment ils disposent les esprits, regardons si la position de ce qu'ils appellent *le peuple* est assez malheureuse pour désirer un changement; examinons enfin à quel titre un parti qui n'est ni puissant ni aimé dans l'État s'arroge le droit de vouloir tout soumettre à son joug.

Par *peuple*, les républicains ne désignent que *la classe ouvrière*; ils déplorent la misère où cette classe est réduite.

D'où naît la misère du peuple? du manque d'ouvrage ou de ce que le prix de son travail n'est point en rapport avec ses besoins journaliers. Depuis un an, c'est-à-dire depuis que les républicains ne font plus d'émeutes, les travaux ont repris et se sont bien soutenus jusqu'à ce jour; le prix de la façon des ouvrages a augmenté et promet d'augmenter encore. Ainsi le besoin présent des ouvriers et leur avenir ne sont pas autant pénibles qu'on veut bien le dire. S'ils ne sont pas aussi heureux qu'ils devraient l'être, la cause n'en serait-elle pas aux républicains par les craintes continuelles dans lesquelles ils entretiennent la nation? S'il n'en est pas ainsi la cause doit en être attribuée ou au gouvernement, ou aux *consommateurs*. Oui, ce serait la faute du gouvernement s'il avait le droit de faire de la France un bazar où tout serait vendu à prix fixe. Encore tout ce qui est de goût, de mode ou d'art, peut-il l'être? On peut dire *non*, sans crainte d'être démenti.

C'est donc aux consommateurs seuls qu'on doit s'en prendre: mais peut-on les forcer d'acheter ou de payer l'objet à sa valeur? Si les républicains prouvent qu'on peut le faire, je me range de leur côté et je dis : *A vous appartenait l'honneur de rendre la classe ouvrière heureuse, soyez à jamais bénis par elle!* mais s'ils ne me le prouvent pas, je leur dirai : *Vous n'êtes que des jongleurs politiques* qui flattez le peuple pour escamoter le pouvoir. Vous vous appitoyez sur le sort des ouvriers pour vous en faire un soutien, et par la suite les rendre plus malheureux encore. Vous êtes une des causes principales qui entravent continuellement le bonheur auquel ils peuvent atteindre.

Mais, les républicains ne m'ont pas attendu pour trouver le moyen de rendre les ouvriers heureux; ils le proclament dans leurs discours et dans leurs écrits. Tout ce qui est riche est à leurs yeux un ennemi du peuple; c'est le riche qui est cause que le peuple souffre, c'est le riche qui est cause que le peuple n'a rien, c'est le riche qui est cause que le peuple n'est rien. Ainsi pour que les misères du peuple cessent *il faut qu'il ait le courage de dépouiller le riche!!!...*

Et c'est à la classe la plus pauvre, mais la plus honnête, et j'ose dire la plus vertueuse qu'ils osent prêcher cette affreuse doctrine? C'est le moyen qu'ils lui présentent pour sortir de la misère?.... Ah! la corruption la plus dépravée n'en pouvait trouver un plus ignominieux!!!

Depuis le premier de l'état jusqu'au plus petit boutiquier, *tous,* disent-ils, dévorent la substance du peuple; il faut briser le joug qu'ils font peser sur les malheureux.

Si on les partageait ces dépouilles, ces fiers républicains sauraient bien s'en approprier la plus forte part, comme ils ont déjà fait dans un temps ou chacun apportait son don patriotique. Du moment qu'ils seraient riches, à leur tour on les verrait fuir et mépriser ce même peuple qu'ils auraient tant flatté.

Qu'ils se détrompent : les ouvriers ne se laisseront jamais prendre à leur perfide doctrine. Ils ont le courage de supporter les privations, mais ils ne s'associeront jamais à des hommes qui les outragent en doutant de leur honneur et de leur vertu.

L'honnête ouvrier gagne le pain qu'il mange; il ne secondera pas les ennemis de l'ordre public pour prendre le bien d'autrui.

J'entends les républicains crier à la calomnie..... ils auraient raison si je ne savais pas distinguer deux sortes d'hommes dans ce parti. 1° Les meneurs, hommes fourbes et captieux, à qui tous les moyens sont bons pour réussir et faire des dupes ; 2° les hommes à système, à qui l'amour de l'humanité fait rêver un bonheur imaginaire, et chez qui on doit excuser beaucoup de choses en faveur de leurs bonnes intentions, mais qui n'en sont pas moins coupables puisqu'ils veulent déranger un ordre de choses établi par la volonté générale, et qui contre leurs intentions sans doute, ont fait bien du mal à ce même peuple dont ils veulent le bien, puisque pendant près de deux ans qu'ils ont coopéré à faire des émeutes, ils l'ont presque fait mourir de faim. Echos de ceux qui les dirigent à leur insu, ils vont partout criant : *le peuple est malheureux ;* on peut leur répondre : c'est votre ouvrage, c'est la suite des allarmes continuelles que vous causez à ceux qui l'occupent, et jamais la journée que l'ouvrier doit gagner ne sera en rapport avec ses besoins tant que vous entretiendrez le public dans la crainte d'une révolution. Ainsi, jusqu'à ce moment, les républicains ont fait plus de mal au peuple qu'ils ne lui ont fait de bien ; et par l'impulsion qu'ils donnent à l'esprit de leurs prosélytes, il ne faut s'attendre à rien de bon de leur part, tant pour le présent que pour l'avenir, parce qu'il n'y a d'après leurs principes, ni sécurité pour les riches, ni tranquillité pour les ouvriers.

Ils veulent qu'indistinctement tous les hommes prennent part au gouvernement pour nommer leurs représentans. Jusqu'à ce qu'ils soient nommés ils le voudront... Mais après... Ils feront tout pour s'y tenir. La preuve c'est que n'ayant encore de mission de personne, ils veulent déjà tout diriger, que plusieurs de leurs chefs ont déjà fait scission avec leurs collègues plutôt que d'abdiquer un pouvoir qu'on ne voulait plus leur reconnaître. Ils disent : nous avons la capacité législative ; ils le diront et le croiront tonjours. Quand leurs actes ne répondront pas au vœu de leurs mandataires, qu'on les destituera, ils feront ce qu'ils ont toujours fait; ils conspireront contre leur ouvrage!

Ils promettent au peuple qu'il paiera peu ou pas d'impôts. On pourrait les croire si dans leur république on abandonnait l'entretien des routes, la garde des villes, la protection que chaque homme doit trouver quand on l'opprime, l'éclairage, la propreté, et l'entretien des rues dans les grandes villes. Mais que serait un gouvernement où on négligerait toutes ces choses? Ils promettent donc trop pour qu'on les croie sur parole.

Ils n'ont pas réfléchi que le peuple n'aime point à être enjôlé, surtout par des intrigans qui n'ont ni antécédens pour garantie, ni rien qui puisse prouver ce qui assure leur existence journalière. Car, si on leur demandait : De quoi vivez vous ? S'ils étaient francs, ils répondraient : *aux dépens de qui nous écoute, du peu d'argent que nous prenons sur les collectes qu'on fait pour les détenus politiques,* * *et sur celui que des malheureux nous donnent pour imprimer et répandre nos pamphlets.* Voilà les hommes modèles, qui ne veulent pas d'impôts pour le peu-

---

* Que ceux qui ont reçu l'argent qu'à produit le bal donné aux Wauxhal en faveur des détenus politiques, veuillent bien donner leur *compte rendu.*

ple , mais qui ne se font pas scrupule de prendre sur l'argent qu'on leur confie!!!

Ils promettent de lui donner l'entière liberté de la presse sans que nul soit responsable des sottises qu'il pourrait dire, ni de toutes les attaques qu'il dirigerait contre leur gouvernement. Ils prétendent que c'est le moyen de faire briller la vérité.

Je crois qu'ils se trompent; si la vérité est nue, elle a besoin du voile de la décence pour se montrer; honte à qui le lui arrache. C'est ce que la licence de la presse fait tous les jours; les balles de juin ont déjà déposé contre cet attentat!!

Ils vocifèrent contre le gouvernement de ce qu'il retient en prison les écrivains politiques, et ceux qui ont été pris lors des troubles de Juin. Sans doute ils ne feront pas de même dans leur république. Au lieu de verroux, ils tresseront des couronnes civiques, pour quiconque égarera les esprits, ou cherchera les armes à la main à les renverser; il suffira de faire de la rebellion et d'assassiner ses compatriotes pour avoir bien mérité de la patrie!!! (tel est le langage des journaux du jour), car blamer c'est dire : *Nous n'agirons pas ainsi en pareille circonstance.* Et chacun sait comme les admirateurs de Marat, Danton, Jacques Roux, Robespierre sont disposés à la clémence.

Supposons pour un moment leur gouvernement établi. Chacun sera libre d'énoncer son

opinion par la presse. De l'opinion naît la doctrine et la doctrine enfante les factions. Ainsi
ils laisseront bénévolement, la faction carliste,
la faction napoléoniste, et la faction constitu-
tionnelle entraver continuellement la marche
de leur gouvernement ; on pourra l'attaquer en
tous sens, ridiculiser ses actes, et si une faction
plus forte recourt aux armes pour reconquérir
ses droits, s'il faut la réprimer par la force, ils
retomberont dans la même faute qu'ils repro-
chent aux autres. Ne pourrait-on pas dire avec
vérité : « La liberté que vous nous accordez est
« donc un piége que vous tendez à notre bonne
« foi. En nous accordant le droit de blamer les
« actes de votre gouvernement vous nous avez
« enhardi à résister à tout ce qui peut nous pa-
« raître illégal, nous ne pouvons y résister que
« par la force, et quand nous le faisons vous
« nous mitraillez ? » Que diront les républicains
pour leur justification ? Ils ne diront rien, ou
plutôt ils ne se mettront pas dans le cas qu'on
leur fasse un semblable reproche. L'expérience
leur aura prouvé que la science de la presse
divise les esprits, les entretient dans une tour-
mente continuelle, attise les haines politiques,
alimente la discorde, énerve le patriotisme, fait
naître les factions, encourage les factieux, arme
les conjurés, et finit par renverser les états.

D'où je conclus que pour maintenir leur au-
torité les républicains museleront la presse. Car

la licence de la presse fera tomber tous les gou-
vernemens qui naîtront d'elle ; les républicains
le savent et ne se laisseront pas déborder par
qui peut tout entraîner dans son cours.

La presse en stigmatisant chaque parti en-
racine la vengeance dans les cœurs. Elle fait
violer ce qu'on doit à sa patrie, en déchirant
le pacte social ; élément continuel de discorde,
elle divise sans cesse pour se maintenir ; elle
appelle la guerre civile, et quand d'honnêtes
citoyens se sont entr'égorgés, elle n'a que les
pleurs de l'hypocrisie à donner aux vaincus ; elle
n'exhale ses regrets que pour les faire massacrer
une seconde fois. Voilà sa popularité.

Tels sont les actes de la licence de la presse ;
elle enhardit des hommes, dont la probité est
plus que suspecte, à troubler la tranquillité pu-
blique ; ces hommes osent se dire les organes
de la nation, comme si la nation demandait à
déchirer ses lois, la guerre civile, la guerre avec
toutes les puissances étrangères, le massacre et
le pillage.

Oui, le massacre, parce que vous désignez
vos victimes en les montrant comme les oppresseurs du peuple. Et quelles sont vos victimes ?
tous ceux qui possèdent ? Et vous osez vous dire
patriotes, quand vous excitez les esprits à la
vengeance ? Vous dites que vous avez horreur
du meurtre, quand vous corrompez les esprits
pour le commettre ? Le peuple à qui vous vous

adressez tous les jours saura se séparer de vous. Les gardes nationaux que vous regardez comme vos plus cruels ennemis sauront vous contenir. La force morale de la nation répudie vos principes, et ne fera jamais alliance avec les oppresseurs de la patrie !

Cessez de tourmenter ce peuple que vous regardez comme un marche-pied pour monter au pouvoir. En dépit de vous *il travaille*, il a besoin de tranquillité, deux ans de souffrances l'ont épuisé, depuis un an son sort s'améliore, il peut devenir prospère. Gardez-vous de paralyser son avenir comme vous le faites chaque jour, car si vous l'affamez il pourrra devenir terrible pour vous.

Vous ne pouvez pas établir votre république sans une commotion terrible ; l'anarchie succédera à la guerre civile, c'est sur des monceaux de cadavres que vous planterez votre drapeau révolutionnaire, et le peuple que vous aurez séduit par des promesses fallacieuses vous précipitera du haut du faîte où vous serez montés, dans la fange dont vous n'auriez jamais dû sortir. *Mais* VOUS N'EN ÊTES PAS ENCORE LA.

Faux républicains, vous vous arrogez le droit d'attaquer le gouvernement ; je suis dans mon droit en le défendant. Vous vous adressez au peuple, comme *homme du peuple* je dis ce que crois dans l'intérêt de mes compatriotes. Si vous vous coalisez pour nous opprimer, nous nous rallierons pour vous détruire. Nous vous démasquerons, mais sans appeler la vengeance sur vos têtes; comme vous nous donnerons nos écrits; *le peuple* nous jugera.

Par un homme du peuple.

NOTA. En écrivant je n'ai pas eu l'intention d'outrager certains hommes dont l'erreur est de bonne foi. Le crime n'est que dans la pensée de le commettre, c'est ce que je ne leur suppose pas.

Je ne veux parler que des meneurs qui reçoivent l'argent des étrangers pour nour désunir, qui se vendent à la police pour lui livrer ceux qu'ils égarent. Tels sont ceux qui répètent sans cesse : *Tout pour le peuple.*

IMPRIMERIE DE DAVID, FAUBOURG POISSONNIÈRE, N. 1.

www.ingramcontent.com/pod-product-compliance
Lightning Source LLC
LaVergne TN
LVHW052332060726
842524LV00018B/2932